LA BELLA DEMENTE

GRANTRAVESÍA

CUENTOS DE HADAS ESTROPEADOS

LA BELLA DEMENTE

Joseph Coelho

Ilustraciones de
Freya Hartas

Traducción de Marcelo Andrés Manuel Bellon

GRANTRAVESÍA

LA BELLA DEMENTE

Título original: *Creeping Beauty*

Texto: © 2022, Joseph Coelho
Ilustraciones: © 2022, Freya Hartas

Publicado originalmente por Walker Books Limited,
London SE11 5HJ.

Traducción: Marcelo Andrés Manuel Bellon
Diseño de portada: Freya Hartas

D.R. © 2023, Editorial Océano de México, S.A. de C.V.
Guillermo Barroso 17-5, Col. Industrial Las Armas
Tlalnepantla de Baz, 54080, Estado de México
www.oceano.mx
www.grantravesia.com

Primera edición: enero, 2023

ISBN: 978-607-557-697-8

IMPRESO EN MÉXICO / *PRINTED IN MEXICO*

Para el niño que está leyendo esto en una biblioteca...
¿escuchas ese sonido burbujeando?
¡Es el sonido de las nuevas historias que se están
formando!
—J. C.

En amorosa memoria de Inky y Dracula,
que ahora están en el cielo de los gatos,
durmiendo y caminando con calma por la eternidad.
—F. H.

ÍNDICE

PRÓLOGO

El Bibliotecario

¿Qué es ese ruido?

¡Ah, son ustedes!
Mis queridos lectores desdichados.
¿Han venido aquí a escuchar
algunas fábulas corrosivas?
¿Algunas narraciones nocivas?
Bueno, vinieron al sitio acertado
porque yo soy el Bibliotecario
de los cuentos de hadas estropeados.

Hace algún tiempo descubrí
algunos tomos abandonados
al fondo de la biblioteca.
Comenzaron ocupando
un único estante solitario
de libros no leídos,
    no hojeados,
        no atentamente examinados
durante un tiempo tan largo

que los cuentos que ahí habitaban
ya habían comenzado
a enmohecerse por los cambios,
nuevos personajes brotaron,
nuevas vueltas, nuevos giros,
florecieron con nuevos inicios,
nuevos intermedios
y nuevos desenlaces,
se convirtieron en algo trastocado,
se convirtieron en algo... ESTROPEADO.

Pero desde entonces,
mi único y solitario estante
de cuentos de hadas
    espumantes
ha crecido, se ha extendido.
Primero se convirtió en un librero
de relatos rancios,
pero ahora que más ha crecido,
poco a poco, sus tentáculos ha extendido,

el control de la biblioteca entera ha tomado
y el tejido mismo del edificio ha cambiado.

He pasado días
perdido entre los pasillos
de la Biblioteca de los Cuentos de Hadas
   Estropeados.

En la sección de astronomía
descubrí una versión bestial
         de *Hansel y Gretel*...
      Hansel y Gretel
   ¡y la Bruja Espacial!

En la sección de biología
encontré una versión corrosiva
de *El Gato con Botas*...
¡El Pulpo con Botas!

Y en la sección de moda
encontré una versión hedionda
de *El zapatero y los duendes*...
¡El reparador de zapatos sudados
y los duendes!

Pero en la sección de botánica
encontré una cosa por completo
impactante y terrorífica...
¡Una historia de hadas madrinas
y enredaderas rastreras,
de mágicas transformaciones,
y señales y visiones!

Ésta es la historia de...

CAPÍTULO UNO

Una visión carente de precisión

Eshe era una de trece hermanas,
¡una de un conjunto de tridecallizas!

¡¡¡Tri-deca-llizas!!!

La más joven de una docena de panaderos.
La hermana que llegó a conocer a sus padres
durante menos tiempo,
la única considerada de mal agüero.

Porque incluso en Mítica,
el trece es un número de mala suerte...
un número rara vez pronunciado,
un número asociado
con las cosas que se han quebrado.

Pero Eshe y sus hermanas
eran especiales,

  muy especiales.
Conocidas en cada recoveco
de Fabulandia, su pequeño pueblo,
¡como otorgadoras de dones!
Pero no me refiero a ese tipo de dones
que puedes ver con los ojos,

  ¡oh, no!
Los dones que ellas otorgaban
eran mucho más grandiosos.

Dones de:

suerte

talento,

éxito,

imaginación

¡y sueños!

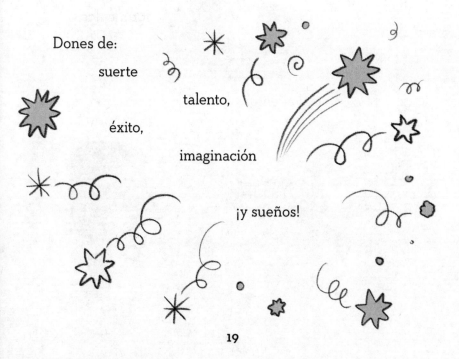

Eso era, por supuesto, si les agradabas.

Porque si no era así,

esos dones

podían fácilmente convertirse en:

pestilencia,

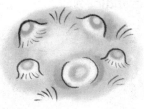

forúnculos,

mal aliento,

incontrolable cera en las orejas,

estornudos-carcajadas,

hipos hormigueantes

HICK HICK BICK HICK

y ¡¡¡MUERTE!!!

Sí, lo escuchaste bien... ¡¡¡¡¡¡MUERTE!!!!!!

Así que todos eran amables con las hermanas.
Todos las honraban con el título de...

Hadas madrinas.

Un título que se había otorgado
a todas las mujeres de su familia
desde el inicio de los tiempos.

A todas las fiestas las convocaban,
en cada bautizo, de honor eran las invitadas
y en las redes sociales todos las amaban.

Así que ninguna de ellas se sorprendió
cuando llegó la invitación
para el bautizo de la hija
de la reina Araminta,
la pequeña princesa Rosa.

Nadie a la reina se atrevía a preguntar
qué había pasado con el padre de la princesa,
alguna vez su galán.
Para todos era un misterio,
y tan poderoso era su gobierno,
y tan terrible era su justicia,
que nadie a cuestionar se atrevía.
Pero rumores sí había...
¡Algunos creían que ella lo había devorado!
Otros, que en cuanto pudo, él había escapado.
Los rumores nunca desaparecían.

Eshe tenía inquietudes extrañas
con relación al bautizo.
Su especial habilidad
era diferente a la de sus hermanas.
La premonición era lo suyo.
Eshe podía vislumbrar **EL FUTURO**.
Pero su habilidad tenía un precio espeluznante,
un precio alucinante,
un precio más exasperante
que un ejército de piojos rampantes.
Eshe sólo podía vislumbrar
el más horrible de los futuros posibles,
y sus visiones la hacían
por las noches gritar,
las sábanas arañar
y su almohada golpear
(¡y a veces hasta la devoraba!),
por lo que a sus hermanas despertaba,
y ellas la consolaban
con miradas preocupadas.

Sin embargo, ninguna de las visiones de Eshe
se había hecho realidad jamás,
y aunque sus hermanas la adoraban,
de sus habilidades dudaban,
desconfiaban,
refutaban,
y cuestionaban.

"¿Crees que podrías predecir
alguna cosa verdadera?",

reía Cuartana, la cuarta de sus hermanas,
quien con lazos de colores sus rizos ataba.

"Sólo una pequeñita predicción correcta",
se burlaba Octina, la octava de sus hermanas,
quien pesados anillos en cada dedo llevaba.

Lo que sus hermanas ignoraban era que ninguna
de las visiones se había materializado
porque la propia Eshe al mundo había salvado,
en muchas ocasiones, ¡de la ruina total!

Después de su visión de luces en los cielos,
ahuyentó a un ejército de marcianos
con miles de ojos siniestros y malvados.

Después de su visión de una plaga de hombres lobo
le dio caza a la reina de esas bestias
y pronto la dejó bajo tierra.

Después de su visión de un ataque de sirenas,
encontró bajo el agua su guarida
y las envió de vuelta a la deriva.

Eshe era una heroína,

pero no una parlanchina,

una heroína que en el mundo

había impedido las mayores

    calamidades,

pérdidas y enfermedades,

y era su maldición

que nadie lo supiera alrededor.

Cuando llegó la invitación
para el bautizo de la princesa Rosa,
Eshe fue golpeada por otra visión...
no una de sus habituales visiones
de apocalipsis zombi o inundaciones
o del impacto de un meteorito.
Esto era más tenebroso, inaudito...

En su visión vio el mundo completo
¡de espinas cubierto!
Espinas famélicas y mordaces
que crecían sin fin, voraces,
sobre edificios y calzadas,
por encima de muebles y entre las ventanas.
Vio escapando hordas de gente
de las enredaderas rastreras.
Vio de innumerables reinos sus contingentes
luchando contra las enredaderas
con hachas, tijeras,
herbicidas y podaderas.

Pero las enredaderas
a todos vencían.
A los soldados en sus puntas prendían,
con fuerza los envolvían
y profundamente los mordían.
El tono rojo de sus rosas
se profundizaba
con cada persona que atravesaban.
Y en el centro de esta rastrera masa
verde y colorada
una chica se encontraba,
una chica encantadora
vestida con pétalos hermosos y puntas afiladas.

Eshe estaba en el suelo
junto a la puerta tirada
aullando entre la montaña
que formaban sus hermanas.

"*¿Qué pasa?*", gritaron sus hermanas.

"He tenido una visión".

"*¡Oh, no!*", dijo la hermana número dos,
que se llamaba Tatuados
  (y de tatuajes estaba cubierta).
"*No otra visión
carente de precisión*".

"Ésa es buena, Tatú",
dijo la hermana número uno, llamada Unaia,
que nunca era vista
sin su diminuta perrita.

Eshe sus burlas ignoró
y en su lugar les habló
de enredaderas que se arrastraban
y que mordían,
y el mundo cubrían,
y en medio de todas ellas
una terrible reina
de las cosas verdes con púas
a la que llamó...

Rosa Espinosa.

"Ante el mundo entero, ella se verá hermosa.
Su voz, como la lluvia de verano, será melodiosa;
de su risa, hasta las estrellas se sentirán celosas.
Pero ella cambiará.
Todas las plantas del mundo
su voluntad cumplirán.
Su corazón se endurecerá y agrietará
y Rosa Espinosa del mundo hará
para sus púas un lecho".

"¿Y cómo va a ocurrir esto?", preguntaron
sus hermanas.

"No lo sé", Eshe respondió.

"¿Y por qué ocurrirá esto?", preguntaron sus
hermanas.

"No lo sé", Eshe respondió.

"¿Y puedes demostrar que sucederá esto?",
preguntaron sus hermanas.

"No puedo", Eshe respondió.

Sus hermanas se burlaron
y enseguida sus invitaciones tomaron
        (y el correo de sus adeptos)
y los muñecos de peluche
        (y los premios de YoVideo)
y las cajas de caramelos
        (y de la publicidad en línea, las regalías)
y dejaron a la pobre Eshe sola
mientras a comprar salían
sus nuevos vestidos para el bautizo.

CAPÍTULO DOS

Cuestión de dones

Los días
previos al bautizo
fueron los más sombríos.

Los pensamientos de Eshe estaban llenos
de ese futuro funesto.
Pero ¿qué podía hacer ella?
Difícilmente podría
decirle a la reina Araminta
que su hija
mataría
al mundo ¡con espinas!

Ella debía hacer algo,
¡el mundo la necesitaba
una vez más!
Al bautizo debía asistir.

Algo podría intentar...
pero era un riesgo colosal.
Requeriría magia ancestral,
una magia poderosa, abismal.

Y tendría que usar su...

¡Ojo de Grimm!
Una mágica,
mística,
¡esfera dorada alquímica!

Todas las portadoras de magia lo detentaban.

Era un objeto que las ayudaba

a sus poderes controlar

y también a atajar

algún efecto secundario eventual.

Eshe sabía que ella y sus hermanas

serían invitadas a otorgar sus dones

a la hija de la reina Araminta.

Eshe, que de otra forma estaba dotada,

normalmente al bebé brindaba

una lectura sobre su buena fortuna futura.

Por supuesto, una falsa lectura.

¿Qué bien haría

contar los verdaderos horrores

que Eshe tan a menudo veía?

No estaba en el poder de Eshe

otorgar dones

como sus hermanas hacían,

dones que obrarían

y de la punta de sus dedos saldrían

en una cascada mágica que refulgía.

Pero otras formas había

y otros medios para llegar a ser por un día

capaz de ejercer magia parecida.

Eso no se esperaba,

pero si fuera capaz de un don otorgar

a la hija de la reina Araminta

justo como sus hermanas,

algún hechizo podría colar

para cambiar la naturaleza de la princesa,

para evitar que se convirtiera

en esa reina malvada

que en su futuro vislumbraba.

Pero para el éxito alcanzar

de cierta ayuda requería.

Ella reunirse tendría

con la Mujer del Bosque.

CAPÍTULO TRES

La Mujer del Bosque

La Mujer del Bosque
era conocida por todas las hermanas,
aunque sólo Eshe la visitaba.

Las hermanas de Eshe decían que una Bruja era,
entre otros nombres horribles, Hechicera.
Su magia mero espectáculo prometía,
todo para ganarse el favor y la simpatía,
magia que daba belleza y poderío,
popularidad o un nuevo atavío.
No estaban interesadas
en las costumbres y formas pasadas,

las formas mágicas para ayudar o frustrar.
El tipo de magia
que la Mujer del Bosque manejaba
era ancestral magia que nunca fue privilegiada.

La magia que podía hacer de alguien
estudioso o resiliente,
trabajador o brillante clandestinamente.

La Mujer del Bosque
para Eshe era una amiga natural.
Eshe a menudo necesitaba sus artilugios
para cambiar de las calamidades el curso,
esas que amenazaban tan a menudo al mundo.
Artilugios como:

varitas que bolas de fuego disparan,
maldiciones creadas a partir de las entrañas,
hechizos únicos para debilitar y marchitar,
¡y ocasionalmente mutilar!

Las hermanas con nombres soeces
    la ofendían
pero Eshe "Tía" le decía.

Eshe a Tía de los Bosques visitaba
cada vez que podía...
¡y no importaba si debía o no debía!

Un día antes del bautizo,
Eshe se dirigió a la casa de Tía
en lo profundo del bosque agreste
donde los caminos terminaban
y las flores a crecer se negaban.
Llegó hasta un colosal árbol
marchito en un círculo de rocas,
cuya pesada y muerta copa
se perdía en el cielo sombrío.

Eshe en el árbol entró
a través de una hendidura.

Subir a casa de Tía le encantaba.

Del aroma de la madera disfrutaba

cuando por dentro del tronco escalaba,

le encantaba la forma en que la superficie

bajo sus dedos se desmoronaba

un poco mientras trepaba,

más allá de tijerillas que se arrastraban

y caracoles que se deslizaban,

arañas que correteaban

y cosas con aguijones que reptaban.

Cuando llegabas arriba
otra hendidura había
que a una meseta se abría
de ramas fusionadas
y de huesos plagadas.

Por ningún lado vio a Tía
pero su caldero, que allí estaba,
hacía espuma y chapoteaba,
burbujeaba y se tambaleaba,
así que Eshe decidió esperarla.

Desde lo alto de la morada
la vista era inusitada.
Eshe toda Fabulandia veía
y más allá, Mítica, la capital,
con su laberinto de castillos,
y la aldea de Villa Grimm, más allá todavía.
Eshe nunca se acercaba
al borde de la red de ramas;
ya ese error había cometido
y la punzada del miedo había sentido
al llevar su mirada al piso.

Antes que verla pudo oírla:
un chillido ensordecedor que del cielo procedía
cuando se abalanzó Tía desde arriba,
y sus alas poderosas
una lluvia de hojas muertas enviaron
por el aire volando.
Aterrizó junto a Eshe con un impacto
porque era Tía...

¡una arpía!

Tanto mujer como pájaro,
ave salvaje y coraje a la vez,
con cuerpo y cabeza de humano,
pero con alas y garras
de un todopoderoso pájaro.

No siempre había sido así.

Esto era resultado del uso de la magia

tanto oscura como antigua,

    tanto gruñido como ladrido,

        tanto chispa como fuego.

El tipo de magia

que deja pelos en tu pecho,

en tu boca un pico

y garras en la punta de tus dedos.

El tipo de magia

que te permite volar

a costa de casi nunca aterrizar.

Una magia que tomaba tanto como daba,

si no es que más todavía,

retorciendo la mente en el proceso

y asentando algo oscuro y denso

en el corazón.

Aterrizó junto a Eshe con un golpe seco,
sus ojos de búho grandes y negros
más allá de Eshe miraban,
a las montañas lejanas.

"La vista desde aquí me encanta",
dijo Eshe, siguiendo su mirada.

"Es increíble lo que puede ser visto
desde lo alto de esta cima,
pero yo siempre quiero ir más arriba.
Ya sé por qué a mí has acudido",
graznó Tía, mientras a Eshe veía
con su mirada incisiva.

"El caldero todo lo expone.
Quieres impedir que el futuro empeore
con una pequeña maldición que lo solucione".

"¡No, Tía! ¡No con una maldición!
Quiero ayudar a la princesa.
Quiero evitar que ella se vuelva...

¡MALVADA!".

Tía agitó sus alas, fastidiada.

"Tu corazón es demasiado bondadoso,
pequeña Eshe.
Algunas personas, algunos seres,
sólo malvados pueden ser,
en sus corazones no tienen nada que ofrecer,
sino malicia y brutalidad.
Yo el futuro también he vislumbrado
y esta reina de espinas,
esta princesa,
llevará todo a su ruina".

Eshe abrazó a Tía.

"Por eso te tengo a ti
para que me ayudes
  a ayudarla
    a convertirse en algo diferente,
      a convertirse en algo clemente".

Tía se ablandó
como siempre pasaba
cada vez que Eshe la abrazaba.

"Podemos intentarlo,
pequeña Eshe.
Pero lo que tú estás buscando
podría ser improbable,
infranqueable,
¡y podría requerir algo impactante!
¿Vale la pena arriesgar
del mundo su bienestar?".

"Sí, Tía, lo vale.
Si salvar a uno no queremos,
a todos nunca salvaremos".

"Muy bien,
pequeña Eshe,
ayudaré a detener
aquello que temes.
Pero conseguir para mí debes
algunos mágicos enseres".

"¿Como qué?",
preguntó Eshe, al notar un inusual brillo
en los ojos de Tía.

"Oh, no es mucho. Sólo...

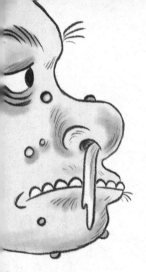

Una pizca de mocos
de un troll constipado.
Una uña del pie de una abuela
terriblemente vieja.

Un pedazo de verruga
de la mano de un muerto.
Una única nota
de una banda musical caduca.

De una tormenta el ojo,
y de la lluvia su golpeteo.
Un persistente chapoteo
de un desagüe sarroso.

52

Una espina de una rosa
en su corazón podrida.
El ladrido de un perro finado
que de ladrar ha dejado.

Y todo esto lo requiero
antes de que la luna esté en su apogeo.
Estas cosas para mí consigue
¡y todo estará resuelto!".

"Gracias, Tía", dijo Eshe,
mientras por el tronco descendía
y, luego, en el bosque desaparecía.
Eshe no desconocía
los ingredientes que le pedían,
justo adónde ir ya sabía...

CAPÍTULO CUATRO

Convertir un don en maldición

Con la lista de ingredientes
en su cabeza tintineando,
Eshe se fue caminando...

a la vieja tienda de videos
por el ladrido del perro muerto.

Una espina de rosa de corazón podrido
fue arrancada de un viejo parque descuidado.

Un persistente chapoteo, recogido
de un desagüe de pelos atascado.

El ojo de una tormenta robó
y su lluvia embolsó.

Una nota polvorienta y desolada,
de una banda robótica oxidada.

Del señor Hombre Muerto un pedazo
de verruga de su mano.

Al salón de belleza la pedicura
de un dedo con la uña turbia.

¡Y una pizca de moco, para terminar,
de un troll que no paraba de estornudar!

Eshe todas estas cosas recolectó
antes de que el sol en el cielo
se pusiera
y a Tía las entregó.

55

Tía los ingredientes hirvió,
una pluma de su propia cola añadió
y maldiciones susurró,
palabras por muy pocos conocidas.

El brebaje resultante
burbujeaba y apestaba.

Lo embotelló y a Eshe se lo entregó.

"Esta noche aquí tu Ojo de Grimm deja caer

y para el bautizo, mañana,

tú también tendrás poder,

el mismo que tus hermanas,

el poder de los dones o las maldiciones,

de dar vida o una muerte temprana.

Recuerda lo que te he enseñado

y elige bien tus palabras.

Porque cada palabra de una maldición

tiene un papel fraguador.

Una hechicera debe decir lo que quiere decir

o arriesgarse

a no querer decir lo que dice".

Eshe agradecida la botella tomó

y hasta su casa corrió,

donde sus hermanas estaban ocupadas

preparándose para el bautizo de mañana.

"¿Eshe, dónde estabas?",

dijo Nuevelia, la novena hermana,

que tenía como mascota una hermosa llama

con largas y exuberantes pestañas.

"Por ahí", dijo Eshe, sabiendo que

   si sus hermanas

se enteraban de lo que planeaba,

intentarían detenerla.

"Sólo me preparaba para mañana",

mintió, mientras a su habitación se apresuraba

antes de que sus movimientos nerviosos notaran,

pues cada vez que mentía la delataban.

Cuando estuvo en su habitación,
su Ojo de Grimm arrojó
en el efervescente brebaje
y en remojo lo dejó.
El Ojo de Grimm
era como una parte de sí,
su esencia mágica
hecha física.
Toda persona mágica uno tenía.
Simplemente aparecía
alrededor de tu octavo cumpleaños,
junto a tu cama flotando
o metido en los zapatos.
Nadie sabía de dónde venía,
aunque rumores corrían
de que tus padres ahí lo ponían.
Y tú cuidarlo debías.
Si lo perdías, te exponías
a terminar sometida
por la caótica naturaleza de la magia.

Era arriesgado usarlo
con una poción como ésta.
Mientras la poción burbujeaba,
su hechizo comenzó a planear.
Eshe sacó sus bolígrafos
y su libreta preciada,
sus diccionarios de rima y razón,
sus tesauros de canciones y estaciones,
sus tomos de vitalización
y sus enciclopedias de trabalenguas
y comenzó a crear una maldición en un don envuelta.
Un don-maldición que impediría que la princesa Rosa
creciera hasta convertirse
en la temida reina de espinas.

Le tomó toda la noche,
elaborar palabras y frases,
inventar refranes
que de la lengua escaparan
y en las cavidades se alojaran,
expresiones que deslizaran
una cuña entre los reinos
del destino y las posibilidades,
que poetizaran y verbalizaran
de la realidad sus cimientos,
que tejieran el espacio y el tiempo
en nuevas fraseologías.

Ser cuidadosa debía.
En algunos libros, las palabras
era peligroso observar;
sólo se podían de reojo vislumbrar
y luego se debían memorizar.

Otras palabras debían ser escritas
cientos de veces más
antes de que su real significado pudiera brillar.
Era un trabajo arduo la magia utilizar.
Por eso a menudo sus hermanas
en unos pocos hechizos aprendidos confiaban,
y nunca uno en el momento hacían.
Las hechiceras capaces de improvisar un hechizo
eran muy pocas y esporádicas se mantenían.

Por la mañana,
Eshe había terminado su don-maldición
y se ajustaba a la perfección
en un pequeño cuadrado de piel de marta
que luego memorizó y al final se tragó.
Ninguna maldición, ni siquiera un don-maldición,
debía quedar registrada.
Se puso sus zapatos más regios
y a sus hermanas se unió
cuando al bautizo salieron.

CAPÍTULO CINCO

El bautizo

El bautizo
era un asunto pequeño y sencillo,
el más pequeño que se hubiera celebrado
en Fabulandia
hasta donde se recordaba.
Pero la reina Araminta
no era de las que celebraban o derrochaban.
Como una monarca cruel y dura era considerada.

Aquellos que a su madre recordaban,
la reina Mintaram,
contra las lágrimas luchaban,

pensando en cuán próspera

Fabulandia fuera hace un tiempo,

cómo a nadie le faltaba nada,

cómo se había dado ayuda y aliento

a todo aquel que lo necesitaba.

Desde que la reina Araminta al poder

   había llegado,

el apoyo se había eliminado;

se esperaba que todos se las arreglaran

y que lo solucionaran.

Y si acaso no podían,

bueno, ¿de quién era la culpa sino de ellos?

Como resultado de esto,

toda Fabulandia sufría.

Los enfermos y necesitados por las calles vagaban,

las tiendas ya no funcionaban

y todos los que pudieron

a otras ciudades y pueblos de Mítica se fueron,

donde todas las personas eran aceptadas

y sus habilidades valoradas.

Eshe y sus hermanas

al palacio de madera de la reina Araminta

se acercaron

con el corazón acelerado.

El palacio entero era maderado.

Todo lo que había dentro era madera:

cada mueble, cada puerta,

cada lámpara y cubierta.

Las pantallas de las lámparas: finas hojas

    de madera.

Los cojines de las sillas, madera.

Se rumoraba que la reina Araminta dormía

bajo láminas de corteza muy finas.

Pero este palacio no había sido así construido.

Muchos esa época recordaban

en que era de piedra y ladrillo,

los cojines eran mullidos

y las cortinas ondeaban.

En sus paredes magia había.

Un hechizo de magia oscura y antigua.

No había multitudes que sortear,
ni pancartas para celebrar
a la nueva bebé princesa...
sólo una fila de guardias,
guardias de madera todos,
que miraban con sus fijos e inexpresivos rostros.

Los guardias crujieron cuando bajaron
sus escudos astillados
y las carcomidas espadas
para dejar pasar a las hermanas
al patio interior del palacio.
La reina Araminta estaba allí sentada.

Su alta corona de muertas ramas
le daba una apariencia siniestra
mientras desde lo alto las miraba
con sus ojos color ámbar.
Estaba envuelta en un ajustado
vestido gris y verde de musgo de árbol.

La princesa Rosa estaba en una cuna
que mecánicamente era mecida
por un guardia de madera.

"¿Vinieron a dar sus dones,
hadas madrinas?",
la reina les preguntó,
con voz como de hojas secas.

"Sí, Su Majestad", balbuceó Unaia,
mientras su perra diminuta aullaba
y en su caja de cerillas se encerraba.

"Pueden acercarse a la princesa
y sus dones otorgar con presteza",
dijo la reina.

Las hermanas se acercaron,
y hacia el cielo sus brazos extendieron,
para su rutina de entrega de dones
    se prepararon.
Era un espectáculo bien conocido
que en anteriores bautizos
cientos ya habían presenciado,
miles...
¡tantísimos!
Pero hoy,
sólo la reina miraba
con su hueste de guardias de muerta madera.

Unaia, siendo la mayor, comenzó
y el resto su ejemplo siguió...

"Soy la primera de las hermanas
y yo te otorgo el don de una sonrisa de sol
que resplandezca con belleza".

"Yo soy la segunda de las hermanas
y a ti te concedo
ojos que con su propio brillo fulguren".

"Soy la tercera de las hermanas
y de mi mano chispeante
te doy para vestir un gran sentido
que sea en verdad admirable".

"Soy la cuarta de las hermanas.
¿Qué don te debo asignar?
Un increíble cabello con un toque de polvo dorado".

Eshe se estaba poniendo nerviosa.
¿Notaría la reina la maldición
dentro de su don?
Y si eso pasaba, ¿Eshe alguna vez escaparía
del chirriante palacio
y sus astillados soldados?

"Yo soy la quinta de las hermanas
y a ti te confiero
un dulce perfume de mirra y especias".

"Soy la sexta de las hermanas
y yo te voy a entregar
una maravillosa belleza de la que nadie
se atreva a dudar".

"Soy la séptima de las hermanas
y a ti te transmito
una pizca de divertido,
pero nunca indecoroso, ingenio".

"Soy la octava de las hermanas
y a ti te entrego
una risa hermosa con el sonido de un río".

El turno de Eshe cada vez más se acercaba.
No podía evitar notar lo superficiales
que eran los dones de sus hermanas.
Pero al menos ninguno tenía
un aguijón en su cola como el suyo...

"Soy la novena de las hermanas
y a ti te entrego
un seguimiento en línea que siempre se extenderá".

"Soy la décima de las hermanas
y a ti yo te obsequio
que cada uno de tus cambios de imagen
sea de impecable diseño".

El corazón de Eshe se convirtió en redoble
    de tambores.
Ya estaba ahí, dos regalos más
y entonces sería su turno.
Empezó a preocuparse... ¿Había memorizado
el don-maldición correctamente?
¿Y si algo salía mal?
Un desliz de una palabra sola
podría condenar a la pobre niña a la muerte.

"Soy la undécima de las hermanas
y a ti te concedo
que por muy tediosa que sea la compañía,
tú nunca te sentirás aburrida".

"Soy la duodécima de las hermanas
y a ti te dono
una valiosa reserva de monedas de oro".

El turno de Eshe había llegado.

Se acercó,

con el sudor en sus manos acumulado

y el corazón agitado.

Hacia abajo, a la cuna, llevó su mirada

y la pequeña princesa Rosa miró hacia arriba,

toda gorjeos y sonrisas,

toda deleite de bebé y alegría.

No puedo maldecir a esta niña,

que no ha hecho nada malo todavía,

Eshe pensó.

Pero entonces el recuerdo de su visión
contra ella se estrelló,
un mundo consumido por espinas,
donde la oscuridad gobernaba
y nadie a salvo se encontraba...
Así que sus labios separó
para maldecir a la niña,
cuando desde arriba llegó un...

¡SCCCCCCCRRRRIIIIIIIIIIIICCCCHHHHHHH!

Y desde el cielo

cayó

en una masa de plumas y garras...

¡TÍA!

CAPÍTULO SEIS

Un hechizo improvisado

A pocos metros, encima de la niña, en círculos voló,
con las alas desplegadas como una terrible plaga.
Los guardias de la reina entraron en acción,
preparando sus lanzas de astillas
y apuntando sus flechas de espinas.
Pero todo fue inútil. Ningún arma cerca llegó
cuando Tía a murmurar y maldecir comenzó.
Una red de nieblas púrpuras y verdes pulsantes
rodeó a Tía y niña por igual,
mientras la maldición de Tía llovía...

"Ningún don que yo te ofrezca,

ni bendición, ni recompensa.

Mis palabras no consolarán más.

Porque cuando esta niña

a los dieciséis años llegue,

caerá al suelo

muerta.

Muerta como un dodo,

muerta como un perro,

muerta como un latido perdido".

"¡No, Tía!", gritó Eshe. "No deberías".

Porque estaba claro lo que pretendía.

Estaba tomando el asunto en sus manos

y la intención de maldecir tenía

a la niña con una tumba temprana.

"Déjame, Eshe.
Tú no tienes el coraje
para hacer lo que debe hacerse.
El futuro has atisbado,
en qué se convertirá has vislumbrado".

Y, entonces, Tía su maldición continuó...

"Muerta como el pobre pato muerto
más muerta que un plazo vencido
o la lengua que ya se ha extinto.
Muerta como un cerrojo,
más muerta que un chiste negro,
más muerta que el Mar Muerto.
Ella será un peso muerto,
más muerta que las ramas secas,
para el mundo muerta.
Éste es mi ajuste de cuentas,
mi segura maldición,
que esta princesa morirá
y un pinchazo de dedo
a su carroza la dirigirá.
¡Su carroza fúnebre! Esta maldición
burbujeará y se arrastrará,
un hechizo tan tremendo
que a todo el reino hará llorar".

La esfera de reluciente energía
que rodeaba a la niña y la arpía
explotó, dejando un susurro en el viento
de...

       "LLORAR...

llORAR...

                    lloRAR...
                llorAR...
                llorar
                orar
                ar
                r".

La reina Araminta se levantó y gritó
mientras Tía aleteaba y se alejaba,
dejando maldición en el sitio.
Eshe hacia la cuna corrió.

"¡¿Qué estás haciendo?!", gritó la reina.
"Las de tu clase ya hicieron aquí mucho daño".

Los guardias de madera de la reina
rodearon la cuna de la princesa.

"Puedo ayudar, Su Majestad.
Permítame atenuar la maldición...
todavía tengo que dar mi don".

La reina asintió,
los guardias retrocedieron crujiendo,
y Eshe rápidamente pensó,
mientras la magia de la maldición
aún en el aire flotaba.
Tendría que lo imposible alcanzar
e improvisar para convertirla en un don.
Engañar a la magia para que pensara
que el hechizo todavía continuaba,

tendría que usar la última palabra del hechizo
para crear algo distinto...

"¡Llorar! ¡Llorar!
Todo el reino llorará,
mas sus lágrimas no durarán
¡porque la princesa dormida estará!
Dormida, dormida,
sin que la muerte a su puerta llame...".

Eshe se esforzó por recordar
las palabras en la maldición usadas,
palabras que debían
ser reutilizadas y reformuladas.
Sólo una de ellas recordaba.
Tenía que rápido actuar,
porque la magia se estaba
    desvaneciendo,
y la maldición se estaba
    estableciendo...

"No muerta,
no muerta, no muerta.
No como las ramas secas,
sino viva y creciendo
como una gran gobernante debería hacerlo.
Un pinchazo en el dedo
no significará la perdición.
En su lugar, será un sueño
que florecerá y florecerá".

El hechizo se sentía áspero y destrozado,
pero Eshe esperaba haber reducido el daño,
cambiado la maldición de una muerte a un sueño,
de morir a dormir.

CAPÍTULO SIETE

Rosa Espinosa

La princesa Rosa
era una niña amorosa.
A los quince años,
quienes la conocían coincidían
en que todos los dones poseía,
esos que las madrinas le habían otorgado
y todavía más.
Era amable,
era educada
y era inteligente.

               Endiabladamente inteligente.
Tan inteligente que toda la energía
de la reina Araminta se requería
para mantenerla a salvo,

protegida de su propia

peligrosa curiosidad.

La maldición,

pronunciada por Tía la arpía

y suavizada por Eshe,

hablaba de un pinchazo en el dedo.

Y así la reina Araminta se aseguró

de que todos los objetos afilados

del reino fueran retirados.

Así que:

>   no había husos,

>   ni agujas,

>   ni alfileres,

>   ni insignias,

>   ni erizos,

>   ni puercoespines,

>   ¡ni pinchos en la cocina!

Nada de lápices afilados,

>   ni para un coctel los palillos

y ni alfileres de seguridad siquiera.

Pero la joven princesa Rosa
se las arreglaba para encontrar cosas filosas...

Las astillas arrancaba
de los guardias de madera
y los clavos del suelo desenterraba,

viejas insignias en armarios olvidados hallaba,

y con cactus se topaba
en el jardín, en las partes más alejadas.

Y entonces su madre en algodón
la envolvió,
entre su ropa la cubrió,
le puso gruesos guantes de goma
y con punta de acero unas botas,
todo para protegerla
y que no fuera pinchada.

La princesa Rosa
creció sin haber conocido
un golpe o un raspón,
una cortada
o un moretón.
No se le permitió tener
mascotas con peligrosas garras,
tenía prohibido a los árboles trepar
o descalza por la hierba caminar.
Nunca una playa visitó
y con ningún juguete que una esquina
o borde duro albergara jugó.

Su mundo había sido suave, protegido
y, ay, tan aburrido.
La única persona cuya vida
envuelta en el misterio permanecía
y teñida de emoción se mantenía
era la propia reina Araminta,
quien regularmente en las honduras
del oscuro bosque se perdía
durante días.
Nadie sabía adónde se dirigía
y nadie sabía
mientras estaba allí qué hacía.

Fue en una de estas
estancias en el bosque sombrío
cuando todo dio un giro.

La princesa Rosa, que solía ser tan buena,
se alejó con sigilo de sus guardias de madera

hasta los jardines del patio central
donde una única rosa se encontraba.

Una rosa que de los jardineros había escapado,
una rosa que parecía florecer bajo su mirada,
una rosa que parecía cantar sólo para ella,
sus colores, vibrantes,
y su aroma, demencial,
de una manera poco natural...
ciertamente ¡mágica!

Le dolían los dedos por tocarla,
anhelantes de palparla,
ansiosos de alcanzarla y tomarla...
se quitó un grueso guante de goma
de una mano delicada, nunca lastimada...

y la extendió para la flor arrancar.

CAPÍTULO OCHO

Un sueño... de pesadillas lleno

Una vida envuelta y arropada
nada había enseñado a la princesa Rosa
de las espinas que las rosas ocultaban.
Y fue en ese momento,
en su cumpleaños decimosexto,
que la princesa Rosa
experimentó por vez primera
la ofensa que una flor puede ofrecer
cuando su dedo fue pinchado
y una sola gota de sangre
comenzó a florecer.

El cambio poco a poco comenzó...
La princesa Rosa cayó en un letargo,
en un sueño profundo y prolongado.
¿Un sueño profundo, de sueños colmado?
¡No! Un sueño profundo, de pesadillas atestado,
que en la cama la hacía revolcarse y rodar,
gemir y sollozar.
Y mientras dormía y soñaba,
la piel de sus piernas comenzó a engrosarse
y, como si fuera corteza, a agrietarse.
Los dedos de sus pies empezaron a crecer,
al igual que sus piernas,
sus manos y sus brazos,
todo se convirtió en lianas,
enredaderas de púas cubiertas,
de donde rosas de color rojo intenso
florecieron,
hasta que todo el patio estuvo lleno
de flores y de espinas
que reptaban y crecían.

Los guardias de madera entre tropiezos entraron.
Pero en cuanto se acercaron
lo suficiente para las rosas oler,
también cayeron en un estupor amaderado.

Las enredaderas creciendo continuaron,
levantando a la princesa Rosa más y más alto.
Bajo ella, las lianas crecieron y se derramaron
como un vestido de fiesta hermoso y terrible,
hasta que el interior del palacio alcanzaron
y a los cocineros de madera en la cocina llevaron
a un profundo sueño, justo cuando decoraban
el pastel de la princesa con el glaseado.

Crecían y se arrastraban las enredaderas
con sus flores de sueño a través de los pasillos,
por cada habitación y cada ventana,
haciendo que los fuegos languidecieran
        en sus chimeneas,
que las goteras dormitaran

en las puntas de los grifos
y en las vigas, las ratas
una siesta tomaran.

Las limpiadoras a cabecear empezaron
sobre sus escobas y trapos
y, mientras tanto,
las enredaderas creciendo y reptando siguieron,
y su maldición del sueño eterno extendiendo.

El palacio completo
se convirtió en un espinoso enredo
de ramas y flores de un color sangriento
y encima de ellas, como una muñeca
sobre una magnífica falda ondulante
verde y roja,
dormía la princesa Rosa,
que gemía y murmuraba
mientras de ella su pesadilla
se apoderaba.

CAPÍTULO NUEVE

En el bosque

Desde el día de la maldición,
a las hadas madrinas se les había dicho
(en términos que no permitían equivocación)
que lejos se mantuvieran.
¡QUE CORRIERAN,
    SE LARGARAN,
        DESAPARECIERAN!

"No se atrevan a mostrar sus caras
en mi reino nunca más",
chirrió la reina.

Las madrinas no habían sido invitadas

a ningún otro bautizo.

Su gran número de seguidores se deshizo;

sus suscriptores de YoVideo fueron a menos.

Se volvieron... ordinarias

y, ay, tan aburridas.

Culparon a Eshe, por supuesto.

"Todo es tu culpa, tan infortunada",

le dijo la séptima de las hermanas

(llamada Pausiette, quien magníficos

sombreros siempre llevaba).

"Deberías entender que no debemos

compartir nuestro negocio con una arpía".

Eshe olvidó mencionar

su plan original

para maldecir a la princesa Rosa

y evitar que su visión se hiciera realidad.

Asumir toda la culpa
por las acciones de la arpía
se volvió desagradable,
así que Eshe dejó su hogar
y a lo profundo del bosque sombrío
para vivir sola se retiró.

Una vez más, sus acciones para salvar el futuro
pasarían desapercibidas,
      ignoradas,
           sin honor y sin fama.
Aunque esta vez las cosas
no habían salido como se habían planeado,
al menos dormiría la princesa Rosa
y ya no sería una amenaza.

Eshe no volvió a ver a Tía.
En lo alto del árbol, su nido
permaneció vacío,
dejando a Eshe sola por completo.

A lo largo de los años,
Eshe con la magia se comprometió
y con su trabajo continuó,
evitando que sus visiones espeluznantes
se volvieran realidades.

Convirtió una horda de troles de guerra hambrientos
en una inofensiva bandada de pájaros famélicos.

Redujo un meteoro que al mundo habría explotado
a un espectáculo de pirotecnia que todos disfrutaron.

Convenció a un dinosaurio que los pueblos devoraba
para que se fuera a otra parte donde su rugido probara.

Con el tiempo,

sus habilidades mejoró

más allá de sólo visiones.

Ahora la magia podía manejar

sin tener que empapar

su Ojo de Grimm en pociones.

Pero, como siempre, su heroísmo

pasó desapercibido,

indocumentado,

de alabanza desprovisto

y de aprecio privado.

Por ello, fue una sorpresa absoluta

cuando quien llamó a su puerta

para pedirle su ayuda

resultó ser nada menos que...

la misma reina Araminta.

"¡Debes ayudarme!",
sollozó la reina.

Eshe recelo sintió.

El bosque alrededor observó,

esperando que un guardia de madera

de entre la línea de árboles saliera

con la espada de madera enhiesta.

Cuando ningún ataque vio llegar,

Eshe a la reina invitó a entrar.

La reina se veía mucho más vieja,

sus arrugas instaladas como grietas.

La regente aterradora

había sido remplazada

por una madre que lucía triste, sola y asustada.

"De mi hija se trata.

La maldición se la ha llevado".

"¡Oh, no! ¿Ella ha muerto?",

gritó Eshe, temiendo

que su plan hubiera sido en vano.

"No, muerta no está,
y por eso te estoy agradecida.
Lancé sobre ti tanta culpa
pero no lo haré más, nunca.

Tú fuiste la que impediste
un destino mucho más terrible.
Pero aunque ella no ha muerto,
dormida se ha quedado.
Y mientras duerme...
¡se arrastra!

Espinosas enredaderas
han surgido de ella
y crecen y reptan.
Por donde sea que crezcan,
hacen que todos se adormezcan".

Eshe de su casa salió corriendo,
tras tomar un telescopio de sus libreros.

Trepó al árbol más cercano
y se asomó en dirección al palacio.

Eshe se quedó muda.
Allí estaba la princesa Rosa
sobre una montaña de espinas,
tal como su visión había pronosticado.
¿Cómo podía ser esto?
Sus acciones siempre el desastre habían evitado,
nunca, por el contrario, lo habían causado.
Claro, al suavizar la maldición
había sido apresurada,

¡pero no podía haber causado esto!

¿O sí?

Del árbol brincó

y junto a la reina aterrizó.

"Su Majestad,

tengo el presentimiento

de que hay más en este cuento

y más sobre su hija

de lo que se ve a simple vista".

Eshe un movimiento notó

en la boca de la reina Araminta,

una ligera insinuación

de la reina más joven y feroz

que ella había conocido

muchos años atrás.

Pero el quebranto reemplazó con presteza

cualquier rasgo de entereza.

"Tienes razón.
Muchos se han preguntado
por qué sola voy al bosque sombrío.
Tú serás la primera en conocer mi secreto.
Pero al bosque debes acompañarme,
y más profundo debes internarte
de lo que has estado antes".

Eshe de valor se armó
cuando con la mirada de la reina
   Araminta se topó,
decidida a no dejar traslucir su miedo.
Asintió y a la reina siguió
a las profundidades del bosque sombrío,
a las partes donde los caminos a tenderse
   se negaban.

CAPÍTULO DIEZ

La cosa en la poza

Eshe siguió a la reina Araminta
hasta lo más recóndito
del bosque inquietante y sombrío.

"He guardado este secreto
durante muchos años ya",
dijo la reina mientras
avanzaba.

El bosque a su alrededor se cerró,
los árboles presionaban
como una multitud congregada,
como una hueste de observadores
curiosos y silenciosos.
Eshe sintió que los árboles se movían

en esos espacios

donde ella no estaba mirando,

presionando,

sus pisadas esquivando,

convirtiéndose en un aposento,

un baúl,

un ataúd,

una piel sofocante.

Toda la luz arriba estaba bloqueada,

el silencio sus oídos llenaba

con su amortiguado alarido.

Caminaron sobre raíces abultadas

y bajo ramas arqueadas,

a través de agujeros desgarrados

en troncos putrefactos,

mientras la penumbra del bosque oscurecía

y la noche y el día en uno se convertían,

hasta que...

Llegaron a un claro,
entre los árboles, un respiro.
Y, ahí, justo en el centro...

        había una poza.
Una perfectamente redonda poza
con agua profunda,

        desagradable y oscura.

En su borde
había un tocón
con la parte superior desgastada.
La reina Araminta
se sentó ahí, encima,
como ya se había sentado
tantas veces antes,
y comenzó su relato.

"Siempre por estos bosques he caminado
desde que era apenas una niña,
siempre me adentraba más de lo que debía,
aunque mis padres que no lo hiciera decían.

Mis padres me casaron joven
con un príncipe rico de un reino próspero,
al otro lado del bosque.
Yo lo odié hasta que supe
que a él también le gustaba recorrerlo.
Y entonces por el bosque caminábamos juntos
y el amor entre los dos creció.
Pero nunca me enteré
de que su camino con otro ya se había cruzado.

Una Mujer de los Bosques,
una lanzadora de hechizos,
tanto antiguos como oscuros".

Eshe jadeó.

¡Una Mujer de los Bosques!
¿Podría estar hablando la reina
de Tía, en verdad?
Tal vez sus hermanas razón habían tenido
durante los años que por ella habían temido.

"Mi príncipe me contó todo sobre ella,
cómo con él estaba obsesionada,
cómo lo amenazaba,
y sólo para ella lo deseaba.

Algunas veces la descubría
entre las sombras acechando,
siguiéndonos mientras
    caminábamos.
En ese entonces lucía acongojada,
pero también enojada.
Cuando al príncipe propuse
matrimonio, ella perdió la razón.
La Mujer del Bosque
de nosotros se vengó.

Pasó los meses de nuestra luna de miel
aprendiendo la magia más infame
hasta que ésta la transformó,
hizo brotar plumas de su piel
y puso un pico en su boca.
Cuando volvimos a casa, descubrimos
que nuestro palacio en madera había convertido,
todo y a todos los que en él estaban.

Ahora veo que su magia sólo probando estaba,
ya que destruir a mi familia por completo esperaba.

Mi marido marchó solo
al bosque profundo
para enfrentarla,
para obligarla a parar.
Aquí la encontró,
justo en este lugar,
y fue aquí donde ella lo cambió
para la eternidad.."..

De la poza un burbujeo brotó.

Eshe entonces se acercó

y a sus profundidades se asomó.

Algo se estaba elevando,

el agua atravesando,

algo con ojos grandes y saltones

y una boca ancha y enorme.

Eshe cayó de espaldas

cuando la más grande rana

que jamás hubiera visto

del centro de la poza emergió.

Su piel,

gruesa y verrugosa;

sus ojos, cual dos esferas fogosas.

Se sentó en el centro de la poza,

con sus pupilas de extrañas formas

fijamente observando.

"¿Qué es eso?",

preguntó Eshe, retrocediendo.

"Éste era el padre de la princesa Rosa.
Mi príncipe, mi amado,
mi marido,
antes de que la Mujer del Bosque
su hechizo lanzara y en esto lo transformara,
haciendo que el mundo olvidara
que alguna vez él había existido".

"Así que tu familia ha sido dos veces maldecida.
    La magia ya a todos los ha alcanzado",
dijo Eshe, al darse cuenta de por qué sus actos
no habían impedido que su visión se hiciera
    realidad,
sino que, de hecho, la habían cumplido.
La magia es algo volátil y un poco más allá
sólo puede dar lugar al caos.

        A la poza se acercó la reina Araminta,
        con la mano frente a ella extendida.

"¿Está él a salvo?",
preguntó Eshe, que observaba
temblar el gigantesco saco de aire de la rana
mientras la reina se acercaba.

"He venido a verlo aquí,
para que se acostumbre a mí.
Me acerco un poco más cada vez,
convencida de que si me acepta
y nuestro amor recuerda,
tal vez la maldición se romperá".

La reina se acercó todavía más
mientras un gruñido empezó a retumbar
en lo profundo del gigante estómago de la rana.

"Su Majestad, ésta es honda y antigua magia.
No estoy segura de que fácil pueda ser eliminada",
dijo Eshe, dando un paso atrás de la poza y de la rana
cuando sus gruñidos se convirtieron en bramidos.

"Mira, me está dejando acercarme.
Esto es lo más cerca que nunca he estado.
Tal vez sea porque tú estás presente.
O tal vez él presiente
que algo está mal con nuestra hija".

Justo en ese momento,
un caballero,
un caballero en una misión,
un caballero en una misión para doncellas salvar,
entre los árboles apareció
con una brillante armadura de oro y plata
de joyas incrustada,
con una espada de candente hierro retorcido
y un casco con forma de ciervo ladrador.

"Nunca teman, mis señoras,

soy yo, sir Haaz-Bien.

Al rescate he venido.

Sobre la bella durmiente he oído,

que yace sobre una montaña de espinas

y a salvarla he acudido

como sólo puede un caballero...

He estudiado las espinas,

he investigado las púas,

y he preguntado a los expertos del mundo

sobre las mejores maneras de tratar

con tal botánica calamidad.

Ya no deben temer porque estoy preparado.

Todos los libros he repasado,

tengo guantes extragruesos de jardinería

y las mejores tijeras de jardín que comprar se podía.

A las enredaderas derrotaré,

o sir Haaz-Bien ya no me llamaré".

La rana gigante
abrió su boca gigante
y dejó salir una enorme lengua que fango chorreaba
y a la velocidad del rayo se desplazaba,
con la que a sir Haaz-Bien por la cintura agarró...

y entero se lo tragó
antes de que sir Haaz-Bien tuviera tiempo
de sus libros consultar,
de sus guantes colocar
o sus tijeras de jardín sacar.

CAPÍTULO ONCE

Un príncipe en la garganta

La rana gigante
que alguna vez fuera
el príncipe de la reina Araminta
a un caballero entero se había tragado
de un solo bocado,
sin morderlo
o masticarlo,
¡o agradecerle siquiera!

La reina Araminta y Eshe
estaban conmocionadas,
   estupefactas,
         ¡asombradas!
La rana fijamente las miraba
con esos ardientes ojos de ámbar
mientras a abrir la boca de par en par empezaba.

Eshe levantó las manos sin titubear,
y un hechizo improvisado comenzó a pronunciar.

     "Eres una rana,
      toda brinco y chapuzón,
  pero hay más que una bestia en tu interior.
    Eres alguien real, a decir verdad.

    Tu mente has de liberar
    de esta forma arranada,
    esta piel sacude y cambia,
 el trabajo de tu familia ayuda a aliviar".

Los árboles circundantes
comenzaron a brillar.
El aire se quedó quieto,
pero los árboles seguían brillando.
El brillo a zumbar comenzó
bajo al principio,
y luego más fuerte,
hasta que al fin se escuchó...

      ¡un contundente-trueno-explosión-

           aplauso ensordecedor!

La rana colosal
todavía en la poza estaba,
en nada cambiada,
salvo por su mirada.
Sus ojos ya no sostenían la misma amenaza,
ya no las escudriñaba
con una indiferencia de lava.

Abrió la boca y comenzó a croar.

El *croac* se convirtió en un gorgoteo
ahogado,
de donde las palabras
a emerger comenzaron...

"Amor mío,
he regresado",
croó la rana,
mientras sus ojos globulares
hacia la reina giraban.

"¿Parcófago? ¿Mi príncipe?
¿Eres tú?
¿A mí has retornado?".

Su propio reflejo miró la rana
en las aguas tranquilas de la poza.

"Bueno, tal vez sólo en mi mente".

Eshe relajó su postura de lanzar hechizos.

"La magia penetró muy profundo
en su interior, Su Alteza.
Se necesitará un poder mayor que el mío
para devolverle su forma completa".

Otro estruendoso clamor
a través del bosque llegó vibrando.
Eshe se preguntó si otro caballero sería,
que el cuento de la bella durmiente hubiera oído
y viniera aquí a salvar el día,
y notó cómo la lengua de rana
del príncipe Parcófago
sus labios saltones se lamía
en su ranosa expectativa
de otra rápida comida.

Pero ningún salvador
a través de los árboles apareció.

En su lugar, lo que arrastrándose se acercaba

eran enredaderas,

espinosas y gruesas,

oleadas de ellas,

que los árboles cubrían y derribaban

en su espinosa malevolencia.

Y allá a lo lejos,

a una gran distancia,

sobre la cima de la espinosa montaña

que avanzaba,

la Bella Demente se tambaleaba,

la princesa Rosa,

en una pesadilla de flores perfumada.

"Debemos escapar", gritó Eshe.

"¡Contengan la respiración!",
    gritó la reina.
"Un solo soplo de rosas y dormidos quedaremos
como el resto de mi reino".

"**Súbanse en mí**", dijo la rana,
el príncipe Parcófago,
mientras su verrugoso lomo ofrecía.

Eshe y la reina Araminta
treparon al amplio lomo
del príncipe Parcófago,
de verrugas mapeado.
Él se levantó,
un tremendo *croac* soltó...
y de un salto se alejó
del avance de las lianas.

CAPÍTULO DOCE

Al pie del monte Filo del Cielo

Saltaron

   y botaron

      brincaron y rebotaron,

   se lanzaron y se elevaron

entre los árboles sinuosos del sombrío bosque.

El príncipe rana

sus grandes patas usaba

para un árbol trepar

y luego al otro saltar,

la red entre sus enormes dedos

como paracaídas actuaba

mientras entre los troncos navegaba,

z z z

se aferraba,

y de nuevo se lanzaba.

Las enredaderas de la Bella Demente continuaban.

El dulce y enfermizo aroma de sus flores

hacía que aquello que las olía

dormitara, durmiera,

cabeceara y en el letargo cayera.

Los tres observaron

cómo los ríos en sus lechos dormitaban

y los pájaros la siesta dormían bajo su ala

y durante todo momento

un profundo ronquido

seguía detrás de ellos,

cada vez más enérgico,

a medida que más se unían

al sueño eterno

"¿Qué son esas enredaderas?",
preguntó el príncipe rana en un croac.

"Esas lianas son tu hija.
Para su muerte fue maldecida
por la Mujer del Bosque.
Eshe suavizó a un sueño tal maldición,
pero algo mal salió
y ahora ella crece y se arrastra".

El príncipe rana
hizo un extraño sonido de gorgoteo
en el fondo de su garganta.

"Oh, mi príncipe,
esto no es culpa tuya.
Durante muchos años ella ha estado
nuestra familia acechando",
dijo la reina, con los dientes apretados.
"Pero pondremos fin a la historia
de una vez por todas".

El príncipe rana cada vez más lejos saltaba,
y cada vez más rápido avanzaba,
hasta que las enredaderas dejaron atrás.
A descansar se pararon
junto a un viejo molino arruinado.

Eshe su Ojo de Grimm sacó
y un hechizo de comida preparó.

"¿Qué es eso?",
la reina preguntó.

"Es mi Ojo de Grimm,
mi mágica esencia.
Toda hechicera tiene uno.
Nos ayuda a nuestra magia enfocar
y un desafortunado efecto secundario evitar
en los hechizos más duros.

Mi hermana Nuevelia perdió el suyo una vez
y cuando un hechizo lanzaba,
un dedo de su mano en dedo de pie se
transformaba.
Terminó con manos tan pestilentes.
Detrás del sofá lo encontramos, por suerte,
y los dedos de sus manos recuperó",

dijo Eshe, y la tristeza floreció
cuando en sus hermanas pensó
y los años que habían pasado
desde que juntas habían estado.

"Fascinante",
dijo la reina.
"Mira esto, Parcófago.
Eshe un hechizo va a lanzar".

Desde lejos, Parcófago observó,
con grandes ojos asustados.

Eshe se concentró
y su hechizo comenzó...

"De la ventolera,
unas latas de conservas.

Del viento,
una rebanada de queso.

Del aire,
una pera Bartlett.

De la luz del sol montañesa,
un tarro de mayonesa".

La comida en el aire se arremolinó,
un extraño revoltijo
de aireado queso suizo
y filetes de pescado volador,
peras ruborizadas
y mayonesa especiada.

Mientras ahí sentados
masticaban y engullían
su comida gratuita,
oyeron el sonido de pisadas,
que marchaban,
    que con fuerza pisoteaban,
      que con paso firme
        avanzaban,
cuando sobre las colinas asomó...

un ejército.

Era un ejército enorme
que llevaba los estandartes
de uno de los reinos vecinos,
dirigido por una valiente caballero guerrera.

"¿Y ustedes, qué están haciendo?",
preguntó Eshe,
mientras la valiente caballero guerrera
hacia ellos cabalgaba,
portando su armadura de piedra de lava.

"Soy la Caballero Guerrera.
De un peligro más adelante he escuchado
y vine aquí a derrotarlo".

"¿Qué has oído de tal peligro?",
preguntó Eshe.

"Yo no escucho historias ni rumores: me lanzo al frente.
Ésa es la única forma del peligro afrontar,
dirigirse a él y dejar que se encuentre
con tu punta afilada para con él acabar.
Por ahora ya fue charla suficiente.
Mi ejército y yo tenemos un peligro que conquistar.
Sin duda, está más allá de esas
lejanas enredaderas".

Y tras eso, la Caballero Guerrera
en su corcel montó y galopó
hacia las lianas que avanzaban,
con su obediente ejército a la zaga.

Eshe con su telescopio observó
cómo la Caballero Guerrera
entre las zarzas se metía de cabeza
sólo para caer dormida enseguida
y bajo la maleza desaparecer,
para nunca más volver.

"Parece que Mítica entera ha perdido
la razón. Debemos detener la maldición
y creo que sé cómo proceder.
Debo hablar con la Mujer del Bosque.
Ella me conoce.
Puedo convencerla de que detenga esta locura,
Puedo hacerlo, estoy segura".

"¿Ella te escuchará?
¿Sabes siquiera dónde está?", preguntó la reina.

"Es nuestra única esperanza
y lo debo intentar,
tengo una idea de dónde podría estar".

Eshe apuntó
hacia la cima nevada
del monte Filo del Cielo
que frente a ellas se vislumbraba.
Su dedo índice dirigió
hacia el más alto pico.

"Si en algún lugar está,
allí se debe encontrar".

CAPÍTULO TRECE

La Mujer de las Montañas

La subida a la cima de la montaña
era pesada.
Demasiado frío y resbaladizo estaba
para que Parcófago pudiera llevarlas,
así que lentamente ascendieron
por los montañosos senderos,
envolviendo sus ropas alrededor de sus cuerpos
mientras la temperatura bajaba
y las ráfagas de nieve sus ojos pinchaban.

144

Cuando la cima alcanzaron,

a una cueva aullante se acercaron.

Una profunda luz morada

en su interior palpitaba.

En cuanto adentro un paso dieron,
el viento y el frío cesaron.
Se sintieron al instante
cálidos y secos.

Un enorme fuego el centro de la cueva dominaba
y, en su centro, un caldero burbujeaba,
enviando grandes columnas ardientes
de morado humo pestilente,
que subían hasta un boquete
en medio del techo de la caverna.
Sin contar los huesos regados
y las ramas y los palos,
la cueva estaba vacía...
O eso creyeron ellos.
Desde lo alto llegó un torbellino,
una espiral, un revoloteo
de plumas y garras,
de graznidos y chillidos.

Eshe fue la primera
en notar que de Tía se trataba,
la Mujer del Bosque era.
Pero en los años que habían pasado
desde la última vez que la viera,
ella ya había cambiado.
Ahora se había transformado:
más pájaro parecía,
y aún más monstruosa lucía.
El brillo juguetón de sus ojos se había apagado
y había sido reemplazado
por algo más vil y desagradable.
Y era grande,
mucho más grande que antes,
más un dragón que un ave,
un dragón con forma de ave.

Alrededor de ellos voló,
y con tal fuerza graznó
que sus oídos dolieron
y sus huesos se estremecieron.

"¡Tía! Soy yo, Eshe...
necesitamos que tu maldición
reviertas".

Pero Tía no estaba escuchando.
Seguía dando vueltas,
dando vueltas y chillando,
con sus garras gigantescas
peligrosamente cerca.
Cayó de golpe en el suelo
frente al príncipe Parcófago.
y caminó hacia él saltando
hasta que lo tuvo presionado
contra la negra roca de la cueva.

"Te atreves a venir aquí
cuando tanto tiempo ha pasado.
Te atreves a enfrentarte a mí
después de cómo has actuado".

"¡No es culpa de él!",
dijo la reina Araminta,
y al lado de su príncipe rana corrió.
"No es culpa suya
que tú lo ames,
cuando él nunca te amó.
No puedes a mi familia seguir maldiciendo
sólo porque tu amor él no correspondió".

"¡¡AMOR!!"

Tía gritó,
y la cueva se estremeció
cuando su graznido se convirtió
    en risa cruel
de humor despojada.

"El AMOR nada tuvo que ver.

A tu príncipe de ojos saltones yo nunca amé.

Mi único interés en él

está en lo que me robó.

Mi Ojo de Grimm

él hurtó".

El príncipe rana Parcófago gorgoteaba

en lo profundo de su garganta,

mientras su vientre hinchado hacia atrás

   arrastraba,

y la salida de la cueva buscaba.

"¿Es eso verdad?",

preguntó la reina Araminta,

hacia su príncipe enfrentada.

"Por supuesto, esto es cierto",

Tía chilló.

"Sólo tienes que verlo".

Eshe llevó la mirada
de Tía al príncipe rana,
y de regreso otra vez.
Una historia ahora se revelaba.
Ella nunca había sabido
cómo Tía en arpía se había convertido,
pero sabía que una hechicera
de su Ojo de Grimm separada
siempre corría el riesgo de ser transformada,
al igual que aquellos que ignoraban
cómo usar un Ojo de Grimm con esmero.

"Nunca te transformó Tía.
Usar el Ojo de Grimm intentaste
pero no tenías idea de lo que hacías.
¡Tú mismo te transformaste!".

Algo que como furia lucía
en la horrible cara del príncipe apareció.

"Por supuesto que lo tomé.
Se supone que a la sombra estemos
de ustedes, del bosque moradores,
de ustedes, hechiceros embusteros,
de ustedes, de la palabra portadores.
Se supone que en ustedes confiemos,
y también en su magia.
Y que nunca la usarán contra nosotros".

La reina Araminta pareció hacerse más alta
mientras ira y frustración la colmaban.

"Todo lo que hemos pasado,
cada injusticia que nuestra familia
        ha sobrellevado...
Mi hogar convertido en astillas,
creciendo sin padre nuestra hija,
los años que por ti he rezado,
que contigo he estado,
con la esperanza de verte salvado,

sin haber sabido nunca
que todo fue por tu culpa.
Los susurros que he soportado
de mi propio reino amado...
los chismes y cotilleos,
todo porque no eres más
que un vulgar ratero".

Una astilla rasgada de luz morada
en el aire se desplazó
desde las puntas de las alas de Tía
hasta el príncipe Parcófago,
y en el aire lo elevó.

**"He sufrido tanto tiempo,
pero de mi venganza llegó el momento".**

"¡Detente, por favor!", la reina Araminta suplicó.

Pero Eshe se dio cuenta de que algo no estaba bien.

La profunda magia que Tía había utilizado

a lo largo de estos años

no sólo su cuerpo había deformado,

¡sino su MENTE también!

"Creo que tienes algo mío",

Tía le dijo,

y una cruel y dura mirada

de sus ojos se apoderaba.

Una esfera espinosa color morado

se estaba formando y crepitando

amenazadoramente mientras sus alas vibraban.

"¡Por favor, Tía, no!", Eshe gritó.

Un sonido parecido
a un rugido y un chillido
salió del pico de Tía,
mientras los ojos cerraba
y parecía estar luchando
contra algo en su interior.

"¡Él debe pagar por esto!",
chilló.

"Y así lo ha hecho.
Pero no te conviertas en aquello
que él siempre temió que fueras".

Comenzó a desaparecer la espinosa esfera morada
mientras Tía cerraba los ojos y empezaba
a murmurar mágicas palabras.

El interior del príncipe Parcófago se encendió.
Una luz amarilla resplandeciente

en su estómago palpitó
y viajó lentamente
hasta su pecho de rana
y a su garganta de rana
hasta que de pronto eructó
y una gran bola dorada
de su boca salió disparada.

"Mi Ojo de Grimm intentaste usar
pero su poder ignorabas.
Te lo tragaste pensando
que todopoderoso te haría,
sin saber que te
   transformaría
de la misma manera
que al estar separada de él
a mí me transformó",
dijo Tía.

La bola dorada a Tía se dirigió
y sobre ella se colocó,
mientras lanzaba un hechizo
cubierta por su brillo.

"Tómame, Ojo,
así como me ves,
toda pico, garras y plumas.
Muy alto levántame,
renuévame,
los graznidos de mi voz remueve.
Mírame nueva,
hazme completa,
pon manos donde ahora se erizan plumas.
El pájaro que me cubre
extirpa, y mis garras convierte
en pies que se puedan arrastrar".

La luz del Ojo de Grimm
sobre ella se derramó.
Y dondequiera que tocara,
en cada parte que tocaba,
Tía comenzó a cambiar,
se comenzó a transformar,
las garras se encogieron,
a su cabeza volvieron los largos rizos,
su plumaje se convirtió en un vestido
de plumas lleno.
Eshe estaba asombrada.
Sólo había conocido a Tía
como una arpía...
        Tía Arpía...
pero aquí estaba ella,
una mujer:
más joven de lo que Eshe hubiera supuesto,
        más fuerte de lo que la había conocido,
                más poderosa de lo que había
                                imaginado.

Poderosa se veía

con su vestido de plumas de arpía.

El Ojo de Grimm flotando descendió

y en su palma se posó.

Ella lo observó

como a un viejo amigo que hubiera regresado,

como el beso de un íntimo compañero extraviado.

Parcófago, el príncipe rana,

en un chisporroteante bulto en el suelo estaba,

y tosía y carraspeaba.

"Por fin, de mí se ha alejado.

Pero ¿por qué no me he transformado?".

"Porque te falta conocimiento.
Para tus propios fines el ojo has usado
y su precio has pagado".

Afilados puñales contenía la mirada de Tía.

"Que el Ojo de Grimm me quitaras
en monstruo me convirtió,
mi mente deformó,
un pico puso en mi boca,
y una maldición en mi ser,
horrendas cosas me llevó a hacer".

Tía se volvió hacia la reina Araminta.

"Lamento la tragedia
que en su familia
ha recaído".

"Yo lo lamento también", la reina dijo.
"Pero ahora ha quedado claro
que se debió a nuestro proceder".

"Ya tuve bastante de esto",
el príncipe croó.
"Tienes tu bola ahora,
así que puedes cambiarme.
Por favor. Yo te lo imploro".

Parcófago, el príncipe rana,
unió sus fofas manos verdes mientras suplicaba.

Y entonces afuera se oyó un estruendo.
Un estruendo que sonaba como un gemido,
como un gemido formado de muchos sonidos,
un profundo y sonoro gemido...
No, no un gemido,
sino un ronquido
por un millón de voces compuesto.

CAPÍTULO CATORCE

El retorno de las doce

Eshe

fue la primera en salir de la cueva

y se sofocó, impactada.

El monte Filo del Cielo entero

rodeado se encontraba

de un verde mar

de rojo puntuado:

rosas de color rojo sangre

por encima flotaban

de un matorral de espinas

hasta donde la vista

alcanzaba.

Pero más impactante que eso
era el ronquido,
        el profundo ronquido
que provenía de las bestias,
las más grandes, las más pequeñas,
de cada hombre, mujer y niño
que las rosas en Mítica había olido.
De cada lirón, oso y dragón
que había aspirado su olor.
Era un escalofriante sonido
mientras cada boca exhalaba
un profundo ronquido que
        sintonizaba
con la belleza de la princesa Rosa,
quien dormitaba
en medio de sus zarzas.

Tía y la reina Araminta se unieron
a Eshe en el exterior.

"Nada de lo que he hecho ha funcionado
para poner fin a esto.
Mi visión realidad se ha vuelto
justo como la había vislumbrado".

"Eres demasiado dura contigo.
Lo que te pareció correcto hiciste.
Todos teníamos que cumplir un papel
y no queda más que podamos hacer.
Se ha vuelto demasiado grande
y no somos tan fuertes para enfrentarlo.
Pronto en la pesadilla nos perderemos".

Desde abajo un jadeo se escuchó,
un jadeo y un murmullo
diferentes del aterrador
estruendo del sueño

que un canto fúnebre golpeaba
a través de Mítica entera.

Eshe observó cómo, desde abajo,
venía primero una,
luego dos,
luego tres,
luego cuatro,
y luego las doce hermanas...

resoplaban y jadeaban,

mientras la montaña trepaban.

"Es tan escarpada esta montaña",
se quejaba Triana, la tercera hermana,
que había sido agraciada
con un tercer ojo en su frente.

"Hablas con veracidad",
le respondió Doceleta, la doceava hermana,
que consigo siempre llevaba
su buffet personal.

"¡Hermanas, están aquí! ¡Y bien se encuentran!",
les dijo Eshe, desesperada por abrazarlas,
pero sin dejar de tener en cuenta
los años que habían pasado
sin una palabra oír de ellas.
Cuando la vieron, las hermanas se detuvieron
y un incómodo silencio
entre ellas se instaló...
hasta que la hermana número cinco,
que se llamaba Cincanna,
y siempre algo masticaba, habló:
"Eshe, hermana, te hemos estado buscando.
Mucho nos equivocamos. Debíamos haberte oído;
deberíamos haber en ti confiado".

Sus otras hermanas la rodearon,
sonrieron y la abrazaron,
susurrando sus disculpas
y apretándola fuerte,

fuerte,

fuerte.

"Es conmovedor todo esto",
dijo la reina Araminta.
"Pero hacia nosotros se arrastran las vides de mi hija,
y muy pronto también caeremos
en el sueño eterno".

"Tal vez no",
dijo Tía,
mientras de pie se ponía
con la cabeza y el cuerpo
por encima del resto,
mientras su Ojo de Grimm
en su mano resplandecía.

"Con su ayuda, hadas madrinas,
podríamos tener una posibilidad
de la maldición revertir".

La masa de ronquidos
que desde Mítica se elevaba

se convirtió en un escalofriante latido,
un redoble de tambor oscurecido
de pesadilla y terror.

Eshe y sus hermanas se pararon
de Tía a los lados,
y sus Ojos de Grimm sacaron.
Las catorce bolas resplandecieron y brillaron
mientras las espinas de la Bella Demente
hacia lo alto del monte se abrían paso.

Eshe no se detuvo a pensar,
y ni siquiera dudó.
A improvisar un hechizo comenzó
y mientras eso hacía,
todos los Ojos de Grimm
comenzaron a relucir con intensidad,
y se volvieron brillantes,
más brillantes que brillantes,
¡más brillantes que fuegos artificiales!

Algo como un trueno atronador

resonó a través de ella,

a través de sus hermanas,

a través de Tía,

y todas fueron acorraladas...

hacia una pesadilla.

CAPÍTULO QUINCE

Una pesadilla espinosa

Eshe abrió los ojos y descubrió
¡que sola se encontraba!
Estaba en un laberinto,
　　un asombroso laberinto,
　　　　un asombroso laberinto de espinas feroces.
Arriba, el cielo era oscuro y estrepitoso
y abajo, el piso
estaba lleno de ramas, espinoso.

Eshe sintió el miedo a través de ella.

Corrió por una sinuosa avenida espinosa

y luego otra,

todo el tiempo gritando

y a sus hermanas llamando.

Giró a la izquierda, y a la derecha,

todo el tiempo las espinas

la cercaban,

hasta que se encontró

en un redondo claro

de espinas bordeado.

"Aquí están todas",

suspiró cuando vio a sus hermanas

alrededor de los bordes, en silencio paradas

y con las cabezas inclinadas.

Pero cuando las levantaron,

vio que sus ojos

eran de un verde oscuro

como las hojas de las rosas.

Cuando la reina Araminta los ojos abrió,

en su castillo se encontró

como antes era,

hecho de roca y piedra,

un fuego ardiendo en la chimenea

y un viento frío en las habitaciones transitando.

¡Rosa!, pensó,

y de habitación en habitación corrió

a su hija llamando,

con la esperanza de encontrarla.

Pero no había nada,

nadie estaba...

sólo un murmullo,

un zumbido que de las paredes

    salía,

de los ladrillos,

de las grietas entre los ladrillos

por donde las enredaderas paso se abrían.

En sus puntas brotes había

del rojo color de la sangre

que en rosas se convertían.

Mientras la reina las miraba,
el zumbido y el murmullo más
    fuertes se hicieron,
hasta que en lenguaje se convirtieron.
Y mientras las rosas sus pétalos abrían y cerraban,
como bocas de rojos labios, ¡empezaron a hablar!
Comenzaron a rumorar en bajos murmullos...

"La reina un pacto con el diablo ha hecho".
"La reina va al bosque a bailar con los demonios".
"La reina no es nuestra... está más preocupada
por su hija".
"¿Qué pasó con su marido?".
"¡Ha huido!".
"¡Es malvada!".
"Es una bruja".

La reina de rodillas cayó,
las orejas se tapó y gritó.

Cuando Tía abrió los ojos,
se encontró de regreso
en el bosque, en su antiguo hogar.
En un espejo se miraba
admirando su piel humana,
apreciando su cara humana...
una cara que no había visto en mucho tiempo,
una cara que había echado de menos.

Pero mientras se miraba,
se dio cuenta de las enredaderas
que en el borde del espejo se arrastraban...
gruesas y ásperas lianas,
con las puntas afiladas.

Su reflejo empezó a cambiar.
Sus labios comenzaron a plegarse,
comenzaron a consolidarse,
en forma de pico a tornarse.
Las plumas brotaron alrededor de su cara...

hasta que se convirtió otra vez
en una arpía.

Miró su reflejo Tía
y rugió mientras las lágrimas caían
por su cara llena de plumas.

Las hermanas de Eshe con ella no estaban.
Cada una experimentaba
su propia mágica pesadilla...

Unaia a su perro buscaba,
pues desaparecido estaba.

Los tatuajes de Tatuados
a deslizarse y sisear comenzaron.

El tercer ojo de Triana
se sentía terriblemente adolorido.

De Cuartana, los lazos de colores
al suelo se desplomaron.

Los aretes de Cincanna
perdieron su brillo y su chispa.

De Maséis, los trucos de cartas
no siempre funcionaban.

De Pausiette, la dulce voz
aburrida se volvió.

Los dedos anulares de Octina
en sus anillos no entraban.

De Nuevelia, la llama mascota
¡empezó su baba a arrojar!

Diecina estaba irritada
¡y tuvo un ataque de rabia!

La encantadora sonrisa de Oncela
en un gesto monstruoso se convirtió.

El buffet de Doceleta
patas arriba se volteó.

Y mientras esto pasaba,
en su pesadilla Eshe estaba atrapada
con doce versiones de pesadilla de sus hermanas,
con ojos verdes profundos por completo diferentes a
los ojos marrones de sus hermanas.
Que tenía mala suerte todas le gritaban,
y más allá de sus habituales burlas iban,
desprovistas del amor que Eshe sabía
que por ella sentían.

La vergüenza a la familia has traído.

*Todos mejor estaríamos
sin la desafortunada hermana trece.*

*¿Por qué no te quedas sola
en el bosque, para siempre?*

Sus palabras herían.
mucho la lastimaban.

Le hablaban de los años
que sola en el bosque había pasado,
tratando de convencerse
de que su exilio era lo mejor,
que sus hermanas estarían mejor
sin ella cerca.

Pero en su pecho
sintió un calor
que se convirtió en luz.
Y desde su corazón,
su Ojo de Grimm
se materializó.
En este mundo de pesadilla,
donde todo era
oscuro y sombrío,
su Ojo de Grimm
brillaba y resplandecía.
Y mientras brillaba, descubrió
que más valiente se volvía,

y más alta se sentía.

Hacia sus hermanas de pesadilla

se volvió y gritó:

"Yo no tengo mala suerte.
Soy fuerte y poderosa
y aquí pertenezco".

Y así, sin más,
sus falsas hermanas
se comenzaron a marchitar,
a crujir como hojas secas,
y sus cuerpos se disolvieron
como humo en el viento.

Fue entonces cuando Eshe escuchó un sollozo.

CAPÍTULO DIECISÉIS

Las protectoras de Mítica

Entre las espinas apareció
un agujero,
y los sollozos que Eshe podía oír
más sonoros se hicieron.

Eshe corrió a través de él
y de pronto se encontró
en un dormitorio,
un gran dormitorio,
un gran dormitorio de color rojo sangre
con un dulce y empalagoso aroma.

La cama de la princesa Rosa
era una rosa colosal, las sábanas
formadas de enormes y suaves pétalos.
Y sobre todo eso, sentada,
en un torrente de lágrimas,
la princesa Rosa estaba.

Eshe se aproximó
y enseguida notó
cómo el suelo era espinoso
y afilado y leñoso.
Bajo sus pasos las espinas
crujían y se rompían
como un frágil cristal.

La princesa Rosa estaba encorvada en la cama,
con el cabello cubriendo su cara
y sus manos ahuecadas en sus pies descalzos.
Eshe a ella se acercó
y en el borde de la cama con cautela se sentó.

¿Princesa Rosa? ¿Estás bien?".

Sus sollozos salieron en tamborileos
profundos y sinceros.

"Mis zapatillas no encuentro",
entre sollozos logró enunciar.
"Y el suelo está tan afilado.
Y tanto tiempo aquí he estado".

Eshe las manos de la princesa Rosa separó
y las plantas de sus pies ensangrentadas notó,
por los pinchazos de las espinas.

"¡Tus pies!",
jadeó.
"Debemos sacarte de aquí".

Y mientras tanto,
en las otras pesadillas:

la reina Araminta
seguía siendo acosada
por inquietantes rumores murmurados.

Tía gritando seguía
mientras observaba cómo su cara
en pájaro se convertía,
más monstruosa todavía.

Y las hermanas de Eshe
en la batalla se mantenían
contra sus traumas personales
dentro de sus espinosas fantasías.

Eshe era la única

que a sus terrores se había enfrentado,

la única que a todos podría liberarlos.

Así que su Ojo de Grimm levantó,

su luz dorada profundamente miró,

y la calidez y el amor en su interior sintió:

de la familia,

de su madre y su padre,

de sus hermanas,

de sus antepasados,

de todos los que la precedieron.

Ahora podía sentir a sus hermanas

en sus pesadillas atrapadas,

pero aún en sus corazones el amor por ella latía.

Podía sentir la fuerza de Tía

y el poder real de la reina Araminta,

todas luchando, todas queriendo que la pesadilla
    terminara.

Era un poder que ella podía experimentar.

Y lo podía utilizar.

Eshe dejó que el amor, el poder y la fuerza
se abrieran paso a través de ella,
dejó que palpitaran en las yemas de sus dedos
y comenzó a improvisar un hechizo...

"Espinas, desaparezcan,
todas las zarzas y aguijones.
Rosas, marchítense,
todos los pétalos y flores.
Enredaderas, mengüen,
todo lo que se arrastra y ataca.
Terminen con esta guerra,
esta batalla de somnolencia".

Hubo un tremendo rugido atronador

como si algo en dos se partiera, cediera,

espacio hiciera,

se rompiera.

Lo primero que Eshe notó

fue una sonrisa floreciendo en la cara de Rosa

mientras todas las espinas en el suelo estallaban,

mientras los brotes de brillantes flores amarillas

se abrían paso y de ellas se desprendían.

Y la cámara comenzó a llenarse de un nuevo olor,

una cálida y refrescante esencia,

como a limón y verbena,

como a verano y lima, que hizo

que los ojos de Eshe se sintieran

    pesados

mientras se dormía en la pesadilla...

y entonces en el mundo real despertó,
por completo despejada.

Ella de regreso se encontraba
en la ladera de la montaña
con Tía y la reina Araminta
y sus hermanas,
todas parpadeando y los ojos frotándose
mientras el resplandor combinado
de sus Ojos de Grimm
comenzaba a menguar.

Un extraño crujido se pudo escuchar
mientras las enredaderas espinosas
que el monte Filo del Cielo rodeaban
a encogerse comenzaban,
a marchitarse y morir.
Eshe su telescopio utilizó
y a lo lejos divisó
a la princesa Rosa hundiéndose,
con los ojos bien abiertos,
mientras sus lianas se congregaban de nuevo,
convirtiéndose en brazos y piernas.

"¡Lo lograste! Nos salvaste", dijo la reina Araminta,
sosteniendo de Eshe las dos manos.

"¡No, lo hicimos nosotras! De todas se requirió.
Usted, mi reina... Tía... mis hermanas...
habría sido imposible sin ustedes, todas.
Sin su poder, el poder de la amistad y el amor,
la familia y la fortaleza".

Y cuando se pararon para escuchar
el último ronquido
morir lejos de la tierra, un carraspeo gutural
llegó detrás de ellas.
Era Parcófago, el príncipe rana.

"¡Lo lograste! Nos salvaste.
Ahora pueden salvarme a mí,
poderosas y sabias hadas madrinas, poderosas
y sabias hadas madrinas.
Cámbienme a mí, por favor".

Eshe, Tía,

la reina Araminta y

las doce hermanas de Eshe miraron

a Parcófago con una mezcla de asco y lástima.

"No hay nada que por ti podamos hacer",

dijo Eshe.

"Te has tragado un Ojo de Grimm

que no te pertenecía

y eso te transformó,

tu verdadera naturaleza reveló.

Con el tiempo, y un buen comportamiento,

los efectos pueden desaparecer.

Pero se necesitará de trabajo duro

y un corazón puro,

y podrías comenzar

por regresar con tu reina a su hogar

y el bienestar de tu hija procurar".

"Nos iremos enseguida",
dijo la reina Araminta.
"No sé cómo agradecértelo.
Lo que hoy has hecho
repercusiones tendrá
a lo largo de todo el reino".

Eshe nunca sospechó
que la lengua viscosa de Parcófago
saldría disparada a la velocidad del rayo,
a su Ojo de Grimm apuntando.
Pero fue la reina
quien esta vez intervino,
su real mano atrapó la lengua con presteza,
y la envolvió alrededor de su puño con fuerza.

"Tienes mucho que aprender,
mi príncipe.
Aprendizaje que tendrás
en las mazmorras encerrado,
hasta que hayas demostrado
que puede hacerse puro tu corazón".

Usando su lengua como rienda,
montó la reina Araminta
a su príncipe rana
mientras él sus disculpas balbuceaba,
y hacia su castillo saltaba,
hacia su hija y su hogar.

Eshe se quedó en la ladera de la montaña

con Tía y sus hermanas,

una de catorce hadas madrinas

con un ojo de Grimm cada una,

cada una decidida

a proteger con sus poderes a toda Mítica

y a no dejar nunca más

que las pesadillas gobernaran.

Eshe observó cómo la reina se alejaba,

observó cómo las lianas retrocedían,

complacida de saber que sus acciones

no habían sido en vano,

que una vez más el mundo había salvado.

Pero en esta ocasión,

era distinta la situación...

La abrazaron con fuerza sus hermanas.

"¿Todo este tiempo tus predicciones se han cumplido?", gritaron con regocijo.

"Por supuesto", dijo Tía.
"Es una vidente dotada y el mundo ha salvado más veces de las que podrían haber imaginado".

"Bueno, tienes que contarnos todo", le dijeron
    sus hermanas
mientras le daban un abrazo apretado, apretado,
más apretado de lo que jamás la habían abrazado.
Y ahora catorce hadas madrinas
se dirigieron a casa,
sonriendo con la consciencia
de que eran imparables unidas,
unidas serían capaces de desarraigar cualquier
    fechoría,
unidas proteger podrían
a toda Mítica, y ayudar al reino
a crecer y florecer.

EPÍLOGO

¡¿Tan pronto están de regreso?!
Espero que no estén molestos
por ese reptante cuento
de osadas hadas madrinas
y un príncipe monstruoso.
¡Espero que el cuento haya dejado claro
su punto espinoso!
Que ninguna mala acción
¡¡se queda sin ser podada!!

¡¡MUAJA-JA-JA-JA-JA-JA!!

Que sus acciones no necesiten poda,
mis podridos lectores.

Y ahora debo dejarlos.
Puedo escuchar mis cuentos llegando
a lo más profundo de la biblioteca...

más libros no amados

están cambiando,

oxidándose, deteriorándose

y transformándose

en algo espantoso,

algo maravillosamente sangriento...

y nuevo.

Estoy deseando

verlos

la próxima vez para compartir otros...

¡Cuentos de hadas estropeados!

Otros cuentos de hadas estropeados

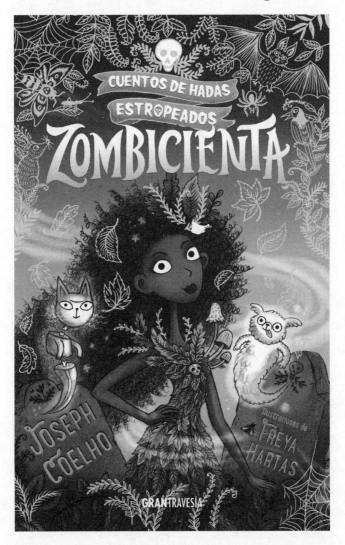

Esta obra se imprimió y encuadernó
en el mes de enero de 2023, en los talleres
de Impregráfica Digital, S.A. de C.V.
Av. Coyoacán 100-D, Col. Del Valle Norte,
C.P. 03103, Benito Juárez, Ciudad de México.